KB074860

방윤희 제1 시집

또 하나의 태양

인사말

어느덧 내 나이 60대 중반에 들어서면서 지금껏 살아온 인생 고행의 세월을 뒤돌아보면 가슴 아픔도 실연의 고통도 많고 많았습니다.

오늘을 위한 오늘에 살지 말고 내일을 위한 오늘에 살아야 할 인생 황혼기에 시집발간이라는 부푼 꿈을 안고 책장 속에서 먼지가 쌓여 내 손길을 외면한 채 수년 세월을 보낸 지나간 추억 여행을 다시금 되새겨 보게 되었습니다.

그러던 중 취당 노희남 선생님을 통해 김기진 회장님을 만나 뵙게 되었으며 참된 시인의 진리와 시를 어떻게 쓸 것인가를 깨우치게 되었고 더불어 아름답고 행복한 오늘의 현실과 그토록 간절히 바라던 자유민주주의 밝은 빛을 받아 인생의 행복과 기쁨을 만끽하게 되면서 옛 추억을 모아 시집을 발간하게 되었습니다.

미흡하고 완성되지 못하였지만, 독자 여러분들의 깊은 사랑과 긍정의 마인드로 예쁘게 읽어주시면 감사하겠습니다.

시인의 길에 들어서게 저를 깨우쳐 주신 취당 노희남 선생님과 김기진 회장님께 진심으로 감사하고 고맙다는 인사를 드리겠습니다

독자 여러분 사랑합니다. 고맙습니다

2022. 07. 18 **방윤희**

서문

먼저 시집 출간을 축하드립니다.

목숨 걸고 자유 찾아 고향 땅 부모·형제 뒤로하고 머나먼 타향 길 낯설고 물선 타향 땅에 와서 등대고 발 붙이는 데까지는 수년간 산전수전 악전고투 말로는 다 못 하죠, 그래도 꿋꿋이 좌절하지 않고 이 땅에 뿌리 내리고 자유대한 국민의 일원으로써 긍지를 갖고 오늘에 이르러 그동안의 힘들었던 과정이 밑거름되어 쉽지 않은 문학이라는 길에 들어선다고 하니 그동안의 한과 설움을 글에 담아 말 못 하고 가슴에 담아 두었던 속마음을 넓은 세상에 내놓으며 사람은 이렇게도 사는 것이라고 삶의 대변자가 되고도 남을 타에 귀감이 될 것을 믿어 의심치 않으며 적지 않은 나이에 쉽지 않을 문학의 길에 입문하는 시집의 발간을 축하와 더불어 대기만성이라는 사자성어를 붙여 주고 싶네요. 끝으로 건강과 아울러 좋은 글 2집 3집 무궁한 발전을 기원합니다.

2022년 07월 20일 시인 취당 **노희남**

축하 글
시집발간을 진심으로 축하합니다

어려서부터 늘 보아 오던 나의 어머니 젊으셨을 때부터 틈틈이 쓰시던 일상의 즐거움과 슬픔, 행복의 노래가 수년째 먼지가 쌓이고 낡아진 종이로 남아 있던 시편들이 어느덧 시집으로 발간하신다니 아들로서 너무 행복하고 자랑스럽습니다.

어머니의 삶이 한 권의 시집에 담기기까지 너무나 많은 일이 있었지만, 오늘날 살기 좋은 시대에 황혼에 들어서면서 어머니가 그토록 바라던 소원이 이루어 질 수 있게 되어 자식으로서 다시 한번 축하드립니다.

한번 태어난 인생 잘살아 보려고 얼마나 모진 고난 속에서 자식들 바라보면서 잘 키워 보겠노라 고생하셨을 어머님의 삶 또한 몸에 새기도록 느껴지는 어머니의 생존 일상을 돌아보게 되는 것 같습니다.

존경하는 어머니 이제는 어느덧 60대 중반이신데 이제는 고난의 길 슬픔과 고통의 길 걷지 마시고 만 시름 다 놓으시고 아름다운 세상에서 어머님 이 하고 싶으신 일 취미 생활을 마음껏 하시면서 근심·걱정 없이 행복하게 사셨으면 아들로서 더 바람이 없습니다.

100세 시대에 아직도 많이 남은 어머님의 삶이 한 폭의 꽃이 되고 시가 되는 행복한 노년을 보내시리라 믿으면서 내일 날 참되고 훌륭한 시인이 되시길 진심으로 바라며 시집발간을 축하드립니다.

어머니 사랑합니다, 존경합니다. 감사합니다.

아들 **김은철**

축하 글
시집발간을 축하드립니다.

자유를 찾아 목숨을 걸었던 나의 어머니 이 땅에 몸은 던져졌지만, 오늘이 있기까지는 산전수전 고통과 아픔 말로는 다 못 하죠. 두꺼운 소설이 되지요. 직접 겪어본 사람만이 그 고통을 알 수 있습니다.

파란만장한 고통과 슬픔 속에서도 틈틈이 눈물에 한숨을 담고 말 못 할 애환들을 담은 사연들을 글로 남기셨었는데 시간에 쫓기고 생활에 쫓기다 보니 상자에 담겨 어두운 구석에 먼지 속에 잠자던 주옥같은 그 사연들이 어느 날 어머니의 용단으로 지난날 어머니의 삶이 한 권의 시라는 집에 담기기 까지 얼마나 많은 세월이 걸렸는지요….

자식으로서 죄스러운 마음 금치 못하며 지금이라도 어머니만의 그 많은 애환과 사연들이 지금에 발간되는 시집을 통해 만천하에 내놓고 빛을 보게 되었음에 자식으로서 무한한 영광으로 생각하며 자랑스럽다는 생각으로 다시 한번 축하드립니다.

어머니는 이제 시작이십니다. 다들 어렵다는 문학의 길에 들어서신 어머니 날로 발전하시기를 기원합니다. 끝으로 건강과 아울러 뜻하신바 모두 이루시기를 두 손 모아 기원하겠습니다. 다시 불러봅니다. 나의 어머니, 존경합니다. 자랑스럽습니다. 사랑합니다.

딸 김은혜

〈차례〉

2부 라인강 기슭에서

3부 봄에는 민들레꽃이 되어

4부 추석 달빛에 실려

5부 로테르담 산드링 스트라 의 아침

6부 공간의 저편에

1부 또 하나의 태양

또 하나의 태양

당신은 언제나
하루도 빠짐없이
변하지 않고
내 마음속에
떠오르는 태양

동해의 푸른 바다
일렁거리는
거친 파도 위로
솟아오르는
태양도 있지만

항상
내 가슴 속으로
용광로처럼 뜨겁게
솟아오르는
당신은 나의 태양

어제도 오늘도
날이면 날마다
내 일상 속엔
두 개의 태양이
떠 오른다

그대는

그대는 아기 낳아 둘러업고
친정 온 어린 딸 맞은
늙은 어미 마음인데

밭둑에서 맨발로 뛰어가며
그 이름 부르면
누구든지 돌아볼 것만 같은

물살 만남은 빈 여울 가에
조약돌에 얹힌
단풍잎 고운 인연

늙어가는 종탑 아래에
무덤덤히 홀로 잠드는
텅 빈 밭고랑

접시꽃만 한 등불 하나
허전한 나의 마음속
밝혀주는 그대인데

그대는 석 양에
물들어 가는 늦가을
감나무에 걸린 노을빛 연정

자유를 찾아

그토록
목마른 자유 갈구했기에
목숨 걸고 건넌 두만강

산 넘고
물 건너 중원 가로질러서
밟아보는 자유의 한국 땅

그리던
자유와 행복의 찬가 넘친
푸른 창공에 날개를 펴고,

마음껏
향유해 보는 전원 교향시
더나은 삶과 부푼 꿈 안고

누려 본
여유로운 인생을 예찬한
그리도 갈구해온 자유여

그 기쁨
주옥같은 시로 남겨서
고귀한 자유 느껴보나니

동트는
새 아침의 이슬 같은 밀어
새들의 노래를 담으리라

희망과
평화가 넘치는 이 땅 위에

즐겁게 찬미한 삶이어라

이 세상
다 하는 그날이 올지라도
자유와 사랑의 글 남기리

기꺼이
나를 맞아준 자유대한에
빛나는 족적을 남기리라

자유 평화
하늘의 영광 노래하리라
이 생명 다하는 그 날까지

떠나간 임의 사랑

만남을 뒤돌아보면
허전한 그대목소리
별한 연인들처럼
눈물로 헤어진 것은
다시 볼 수 없기 때문일 거야

다른 사람을 만난다 해도
내 모습 숨겨야 하는 것은
그대가 남겨준
미련 때문일 거야

침묵의 사연들은
사랑의 그림자인가
가슴적시며 추억을
쓸어내려도
과거는 돼 새길 수 없다

공허한 나의마음
그대는 알고 있을까
초저녁 별 을 보며
애증을 잊으려 해도
떠나간 임 오지 않는다.

그대와 나

산유화 계곡에 가을 향기로
홀연히 찾아오신 당신

그대 말하지 않아도
그대 눈빛만 보아도 알 수 있다

그대와 나 멀리 떨어져 있어도
항상 그대 숨결 느꼈고

그대 눈빛이 내 눈빛이고
그대 마음 내 마음이기에

그대와 나는 언제나 일심동체
그대는 나의 심장 속에

내 사랑

당신이 울컥
보고픈 날이면
시도 때도 없이
한달음에 내달려
안아 주고픈 마음인데

당신의 애정
그윽한 눈빛을
떠올릴 적마다
목젖까지 치미는
그리움을 어이 하리오

기쁜 사랑 가득 찬 미소
곱게 갈무리해서
내게 행복을 그리는
아련한 추억의 노트로
보내주신 마음 빛깔인데

당신은 줄기찬 파도 되어
내 마음 휘감고 돌아
하얗게 부서져 내린
고운 백사장 물결치는
모래톱 무늬로 그려지더이다

한사람이 당신

황혼의 내 인생길 동반자로 마음 정한
오직 한 사람 바로 당신이었지요

그 어느 누구보다 내 마음 이해하고
배려해 주었던 그 사람 역시 당신

포근한 유머에 분위기 넘쳤던
그때 그 사람이 당신이었기에

그 마음 굳게 믿고 내 인생의 반려자로
꿈과 희망 굳은 결심 가져보게 한 것도

그랬기에 이 생명 다하는 날까지 사랑하리라
맹세했던 사람이 바로 당신이었었는데

무슨 운명 이길래 서로의 갈래 길에서
아픈 여운 가슴에 안고 추억 속에 몸부림을

 아픔에 몸부림이 지나갈 무렵
우리는 마주 보며 옛 추억의 달콤함을
가득 않고 손질할 것이다

그대 사랑이여

그대로 인해 나의 황혼 인생이
영원히 바뀌었고
그로 인해
저와 같은 사랑을 결코 다시
만나지 못할 거라 믿으시죠

내가 그대에게 베푼 사랑
언제나 돌려주기 위해
인생이 좀 길었으면 하고 바라시죠
그대는 그렇게 생각하시죠

하지만 그대 사랑이 있기에
아침의 햇살이 있고
시간이 앗아 갈 수 없는 사랑 가득한
이 모든 밤도 있다

그대에게 진 사랑의 빚은
삶보다도 더 영원보다도
제가 영원히 갚아야 할
가장 달콤한 빚임을 알고 있다

그대 인생의 의미가 나임을
고백했을 때 정말 놀랐다
내가 그대 품에 있었을 때
그곳이 바로 안식처임을
그대는 모르시죠

그대 사랑 나에게
경이로움으로 미소 지을 수밖에 없는 것을
늘 혼자만의 비밀이었던

서로에게 베푼 모든 사랑을
그대가 나에게 내가 그대에게
속삭이며 이야기할 때죠

2021. 03. 15

가을 같은 그대에게

푸른 하늘 울음에
못내 앓는 그리움의 몸살
흐느끼는 바람의 호흡에 실린 가을의 내음이
낙엽을 등에 진 땅 구석구석 배어든다.

문득, 지나간 세월만큼이나 덧없는 미소
삶은 연습일 수 없기에 미처 추스르지 못했던
애틋한 기억들이 낙엽처럼 뒹군다

바람이 흔들리는 가을의 소리는
처음부터 혼자였고
마지막에도 혼자일 거라고 노래한다

하지만, 사랑도 없이 외롭게 산다는 건
얼마나 쓸쓸한 일인지요.

바람마저 뚫린 가슴에 촉촉이 젖어 드는 날
빈 몸이나마 서럽도록 살아가기에
남아 있는 설레임으로 마음의 창에 기대어

어디선가 만날 것 같은 당신을,
약속은 없었지만 기다림의 미학으로

2020. 10. 09

지금 모습

그대와의
산산이 부서진 추억
한 조각 주워서
손 위에 얹어놓고 내가 운다

빛바랜 사진 속에서
무엇하나 남은 것 없는
망각의 길에서
늦게나마 인생철학 배운다

산다는 것 자체가
허무한 그것이라고 하지만
돌아본 내 인생은
아픔과 후회로 얼룩져 있다

삶의 교차로에서
서성이다 소나기 맞은
내 신세가 내 몰골이
말이 아니지만

그냥 이대로 주저앉아
운명을 받아들일 수만은
없지만서도 나도 모르게
발 버둥쳐 본 안간힘

이제 마지막
내 운명이 노을 진
지평선 너머로
서서히 지쳐가고

차마 잊지 못해

내가 그 사람 곁을 떠났다고
나까지 야멸차게
차마 내 칠 수는 없었다

얼추 잊을만하면
그냥 잊혀 지지 않고
울컥 치미는 연민인데

언감생심 한켠에
그렇다손 치더라도
어정쩡한 마음 하나는

한때나마 헤어지면
죽고 못 살 것처럼
좋아하지를 않았더냐

긴 세월 흐르면
아마도 잊혀 질거야
이제 와서는 어쩌라고

해지는 산마루에
된서리 맞고 시들은
들국화 같은 신세라서

낙엽 갈피 어딘가에
어금니를 깨물고
묻었어야 할 그 추억

얼어붙은 가슴
혹한의 겨울 지나가면

새봄이 찾아올 터인데

눈밭에 파묻을 깨진
함지박 조각 같은
아 슬픈 연정이여

왠지 어영부영
추스르기는 찜찜한
한구석이 아리운 것을

그냥 잊지 못하는
응어리진 것 추억하나
혹처럼 달고 살아가련다

2021. 03. 09

어머님의 강

그토록 무심하게도 쓸쓸히
흘러간 강물 위에 한 마리 철새 되어
당신이 날아가면서 떨구고 간
단말마의 외마디 비명같이 끊겨진 울음소리

이미 옛날로 흘러가 버린
그 모든 것들을 아득히 까마득한
머언 훗날에서 남겨진
한 조각 발자국이나마
조약돌 틈새에서
발견할 수 있을까 마는

나의 강가 어딘가에서 흐를 것만 같은
어머님의 잔잔한 흐느낌
깊고 깊은 수심 속에 살아 계실 것 같은
착각의 상념을
이 나이가 되었어도 어찌할 수 없기에

오늘도 마음속 저 깊은 강물 속에서
한없이 밀물져오는 어머님
당신에 대한 가엾은 그리움은
옷깃을 여미도록
다소곳이 경건케 하는 파도를 이루어
모래톱 위에 어머님의 옛 모습 그리네

아
그렇게도 그리운 시간이 흐르고
세월의 물결들이 셀 수도 없이
씻겨 가 버렸는데도
나의 가슴속에 멈추지 않고

영원히 남아 흐르는
어머님 흐느낌 소리를

언제 어느 곳에서도 잊을 수 없는 것은
지금까지도 오늘에 이르도록
나의 마음속 나의 핏줄 속에
어머님 당신만은 옹골차게 머물러 계시기에

홀로 남은 내가 어머님 당신 곁을
나지막이 맴 돌며 언제나 머물러
아카시아 필 무렵이면 강물 위에 내려앉는
총총한 별을 우러러보고
어머님을 그리워하며 살아갑니다
이렇게 이렇게

2부 라인강 기슭에서

라인강 기슭에서

내 비록 널 안 지 몇 년은 안 되지만
참 끔찍이도 널 사랑했었다

그리고 한편으로는
매우 미워도 했었다

계절이 오고 가는 타향의 거리에서
즐거웠던 사랑은 이내 가버리고

추억으로만 남은 작은 핍박한 기억들
고왔던 연민도 아무렇게 나 뒹굴고

별빛이 흐르는
라인강 기슭을 홀로 걷는다

아련한 추억 저 어딘가에는
빛바랜 이정표 정녕 남아 있으련만

길 아닌 길을 택한 너와 나의 우정은
이제는 옛 추억으로 희미한 그림자일 뿐

망각의 술 쏟아부었건마는
너도 취해 술도 취한 고독의 날들은 가고
라인강 기슭을 홀로 걸으며 슬픔을 적셔 버린다

흐르는 강물은 가르쳐 주지 않지만
자질구레한 추억 버려야겠지만 서도
말없이 흐르는 저 강물만 하염없이 바라본다

경칩의 눈

아마도 먼 길 떠나야 할
만삭의 겨울 몸이 너무 무거워
몸을 풀고 가려는 걸까

갈길 바쁜 겨울
허둥지둥 화신에 쫓겨가면서
시기에 걸맞지 않은 눈발 휘날리고 있다

봄맞이 채비하는 수목 의 잎눈들
움츠러드는 그것 같아 애처로운 마음인데
하염없이 흰 눈이 내린다

봄을 알리는 서막일까 가지마다 흰 눈꽃
가는 계절이 연출하는 마지막 무대일까
보는 눈은 마아냥 즐겁다

겨우내 긴 잠을 깬 수목들 눈곱을 떼고
세수를 씻겨주려는지 물기 많은 눈이 날린다
저만치서 봄이 오는데

봄의 길목에서

전국 곳곳에 한파 특보가 발효 중이고
종일 한낮에도 영하권으로 제법 춥다
서해의 호남과 제주 산지에는 폭설이
쏟아지고 동해 영동 지방도
갑자기 내린 폭설에 아우성친다

연일 포근하고 따뜻했던 날씨가 갑자기
영하로 떨어지니 체감 온도는 더 춥고
전국 곳곳에 폭설로 난리 통이고
해상 풍랑특보가 발효 중이다

오늘같이 쌀쌀한 날씨에는
나를 아껴주고 믿음을 주는
당신 마음도 마음이 따뜻했으면 좋겠다

난 오늘도 언제나와 같이 한결같은 마음으로
바닷가에 백모래 사장에서 파도와 함께
망망한 바다를 보면서 기도를 한다

그러하듯이

늘 누구라도 그러하듯이
키 큰 갈대숲으로 어우러진
강가를 걸으면 생각난다

추억 저편에 멀어져 갔어도
생각남아 그리운 사랑
손 끝 잡힐 듯 환상은 남아

마음 한편에 연민이 어려서
종시에 아쉬워했던 생각들
어쭙잖게 돌이켜 본다

어렴풋한 추억으로 새겨진
사랑추억 사라 질줄 몰라
세록이 한 귀퉁이 남아서

꺼질 만하면 쏘시개 불 되여
가슴속 불두덩이 만든 연인
그렇다고 만나기도 뭣하고

마침표 꽝 찍을 수도 없어
애꿎은 술 한 잔 잠시 잊어도
끝까지 떼지 못하는 정 하나

겨울 독백

가슴 저미고
사모했던 나날들이
속절없이 흘러가고

어렴풋 하게
남겨진 님의 환상
기억 속에서 멀어져 간

숱한 좌절들
하이얀 눈보라 속에
파묻히어 가버린 계절

어설픈 설렘
이젠 만남의 끄나풀도
끊어져 가버린 지금

누구에게도
말할 수 없는 보고픔
나 홀로 간직한 비밀

세월 흘러도
새록새록 생각난 추억
한 오라기 매인 미련

강물 흐르고
파도 밀려와 봄 오는
눈밭에 묻어 둔 그리움

2020. 12. 08 강릉에서 방윤희

기다릴걸

기다릴 걸 그랬다
따사로운 햇살이
눈을 유혹하더이다

높다란 양 떼 구름이
오라 손짓하더니
살랑이는 바람이
등을 떠밀 더이다

그래서 활짝 핀 얼굴로
마중을 나왔다

아직 기다리는 임은
찾아오질 않았는데
기다릴 걸
좀 더 참아 볼 걸 그랬다

노년의 향기

무심히 걷고 보던 골목길 어귀에
와락 안긴 구수한 강냉이 내음 같고

고향 집 건넌방 펄펄 쇠죽 끓이는
아궁이 속 시뻘건 장작불의 따스함

부엌 무쇠 가마솥 하얀 쌀밥을
다 퍼내고 난 뒤 구수한 누룽지 맛

꽃피는 봄날 양지바른 잔디밭
비스듬히 누워 졸던 봄날의 꿈

매섭게 추웠던 바람 부는 겨울날
자판기 커피 한잔 은은한 향기 같고

눈 내린 춘삼월 별들 골 짜기에
노란 복수초꽃 애설픈 미소인데

처마 끝에 매달린 가느다란 고드름
눈 녹아 떨어지는 영롱한 물방울 빛

산딸기

배곯았던 화전민들 밭을 일궈서
감자 심어서 거두었던 아침가리
잡초처럼 대신 차지 해 버린 너

화전 밭 돌 각 담에 던졌다지만
용케도 살아남아 죽어 지내서
주인 떠난 묵밭에 홀로 남았네

봄이면 하얀 꽃 곱게 피우고
심산유곡 벌 나비들 불러 모아
떡 벌어지게 꿀로 차린 잔칫상

두견새 새끼 찾아 울어 재끼고
늦장마가 북 정물 울컥 토 하듯
빨갛게 몸단장하고 기다렸건만

깜깜한 밤이면 별빛을 내려받아
아침엔 흥건한 이슬 품어 통통히
살이 붙어 먹음직스러울 텐데

한껏 부풀은 멍 물이 터져가고
산 까치 울어 너구리 가족 다녀가도
여름 이 가는 산촌에는 인적이 없다

예서 자라 도회지로 시집을 간
감자꽃 처녀는 고향마저 잊었는가
붉게 물든 산딸기는 떨어지는데

한 해를 보내며

날 위한 고마운 사람들
아름다운 만남
행복했던 순간들
가슴 아픈 사연들
내게 닥쳤던 모든 것들이
과거로 묻혀지려한다

한 발 한 발 조심스럽게 옮기며
좋았던 일들만 기억하자고
스스로에게 다짐 주어도
한 해의 끝에 서면
늘 회한이 먼저 가슴 메운다

좀 더 노력할걸
좀 더 사랑할걸
좀 더 참을걸
좀 더 의젓 할걸 좀 더
나를 위해 살자던 다짐도
못내 아쉬움으로 남는다

헛되이 보내버린 시간들
아무것도 이룬 것은 없고
잃어버린 것들만 있어
다시 한번 나를 자책하게 한다

얼마나 더 살아야
의연하게 설 수 있을까
내 앞에 나를 세워두고
회초리 들어 아프게 질타한다

그러나 내가 만났던
모든 일들에 감사하며
나와 함께 했던
모든 사람들에 감사하며
나를 나이게 한
올 한 해에 감사하며
감사의 제목들이 많아
조금 뿌듯도 하다

그럼에도 멋진 내일을
꿈꿀 수 있어
또한 감사하다

가을바람 소리

가을바람 소리도 고요한데
가슴에 물든 단풍 추억에 흔들리고
좋아하고 사랑해야 할
또렷한 인연의 정거장에서
세월의 기억 옷깃에 적신다

오늘 힘들고 아파
술병 바닥나게 마셔 취해도
세상은 나를 일으켜 세워주지 않는
무정함 이더라

스스로 깨어나 있을 때
당신의 그리움이란 의자에 앉아
편지를 쓰고 있었다.

가을바람 소리도
놓칠 수 없기에
당신의 숨소리까지
이제 사랑할 수밖에 없다
당신을 알고 이해하니 나도 벌써
당신에게 취해가고 있다

남은 시간 사랑해야 할
아직 못다 한 말
마음으로부터 받아 준다면
푸른 여름이 꺾긴
시월 다락방 꿀단지 같은
그 안에 내가 살고 싶다

2010. 10. 20

삭풍 불던 날

시베리아 동 터의 바람이
만주 벌판을 하얗게 칠하고
담금질한 한반도 산하는
핏빛으로 단풍이 얼룩진다

늦가을 온기에 싱싱하던
수목들 넋을 잃고 늘어지고
상강의 아침 마음도 움츠리고
한껏 을씨년스럽기만 하다

춥다고 오그라든 플라타너스
도색도 못 해보고 길 위에
널브러져 발끝에 차이는데
총총걸음이 바쁘게 이어진다

회자정리會者定離

더할 나위 없이 즐거웠던 오랜 만남은
먼 추억이 되어 사라져 갔고
소태같이 쓴 이별 뒤 끝에
후유증이 술잔 속으로
가라앉은 침묵

잔뜩 주눅이 든 말들은 많이 남았어도
이젠 가슴속 고이 묻어야겠지
씁쓰레해진 마음 한쪽에
앙금으로 먼지 되어 쌓인 연민의 자락
만남이 있으면 이별 또한 있게 마련이라고
말들은 누구나 쉽게 하지만

너와 나 사이의 추억을 떠올릴 적마다
내 가슴 한구석 저리는 것은
덕지덕지 물이끼 가라앉은
남은 사연 잠시 일렁거리는
물보라일까

울컥 치밀어오는 진한 슬픔
저 멀리로 안갯속
아련히 떠오르는 모습
그리운 가슴 한 자락
포개 접어 품고 가련다
생뚱맞은 마음을 달랑 남기고

구름 같은 내 인생

굽이굽이 살아온 내 인생
뒤돌아보면 설움과 외로움뿐
내 인생 다시 돌아가려고 해도
돌아갈 수 없는 허무한 인생
추억을 뒤돌아보면 설움과 눈물뿐

시냇물 굽이굽이 흘러 흘러들면
푸른 바다가 되어 소용돌이치는데
굽이굽이 살아온 허무한 내 인생
멀고 먼 나그넷길 인생이더라

아리따운 꽃 시절 꿈도 많고
욕망도 많았건만
파란만장 나그네 인생길
뒤돌아보면 아픔의 추억뿐

구름 같은 내 인생
꽃잎 이 떨어지고 낙엽이 되어
황혼의 서글픈 인생길
아직도 멀고 먼 나그네 인생길을

아들의 대학 졸업식

저 높고 높은 하늘나라에서
당신도 오늘만은 내려다 보려나

당신이 없는 수십 년 세월
그리도 슬프고 아픈 세월이다

생전에 그토록 애지중지 키운 아들
이제는 아빠보다 더 크게 성장했다

당신 등에 업혀 어리광부리던
철없는 아기가 어엿한 청년이 되었다

언제 컸는지 오늘은 대학 4년을 마치고
드디어 졸업하면서 처진 어깨를 보는 순간
당신의 살아생전 아들 보며 기뻐하던 모습이
눈에 삼삼히 떠 오른다

나에게 무거운 짐 맡겨 놓고 홀쩍 떠난 당신
원망도 많이 했고 그리워 했지만

아마도 아침부터 주체할 수 없는
눈물이 흐르는 건 그리움 이겠지요

여보 하늘나라에서 열심히 지켜보시구려
당신 아들이 부쩍부쩍 커가는 모습을

당신과 함께 아들의 졸업식을
축하해 줘야 할 아침에

나는 당신 없는 빈자리에 아쉬움 남아 울고

함께 기뻐해야 할 졸업식인데 서러움 북받쳐

당신 영혼만이라도 빌려 올 수 있다면
사랑하는 아들 앞에
잠시만이라도 머물게 하고 싶다

3부 봄에는 민들레꽃이 되어

봄에는 민들레꽃이 되어

바람을 따라 날아가면
마른 땅 한 톨에서도
꽃을 피울 수 있는

나는 어디서나
망이 되는
민들레꽃이라네

발길 머무는 곳이면
이곳저곳 가리지 않고도
생명을 노랗게
물고 오는 꽃씨 하나

내가 날아갈 수 있게
누군가의 도움이 있다는 것도
나는 알고 있다

겨울 가고
봄이 온다는 사실을
알려주고 싶어

제일 낮은 곳에서
꽃을 피워내고
그대 얼굴 올려다본다

2021. 04. 05

봄날엔

산성山城으로
오르는 돌담 가에
소담스런 아기 민들레

따사로운
햇볕을 주워 먹고
아지랑이 피우는 사월

벚꽃 잎이
함박눈처럼 휘날려
연분戀芬난 봄이 무르익어

여념 없는
농사일로 요란해진
경운기 소리 전원田園깨워

싱그러운
녹음綠陰아래 분주해진,
삼라만상森羅萬象속에 한몫해

상춘객들로,
시끌벅적한 올레길에,
유혹誘惑의 눈빛 넘쳐나

분분芬芬한 꽃잎
마음 들뜬 봄밤이면,
가로등 불빛 그윽하네

2021. 04. 25 월정사 가는 길에

상사화

따사로운 봄기운에 나오고 싶어서
온몸이 근질근질하였을 텐데

무더운 여름철에 다다라서야
겨우 싹 틔우고 꽃눈 피워

달러당 꽃 대궁 하나씩 만
불쑥 나와 잎사귀 노릇하며
피워낸 연분홍 꽃송이들

꽃 이지고 그나마 대궁 마저
흐물흐물 삭아 버리고 나면
언제 무슨 일 있다더냐 하고

아무것도 안 남은 자리에
님 그리워하는 마음 하나
지표 위에 여운으로 남기고

죽은 듯 긴긴 한해 땅속에서
가엾스레 죽은 원혼들의
기를 모아 피운단 말인가

그리도 말 못 할 한이 많아
하늘에 오르지 못한 넋이
꽃으로 환생하여 피우나니

하늘 우러러 들리지 않는
바랜 핏빛 통곡하고 쓰러지는
상사화가 보기에도 애처롭다

너와나

그대 한 그루
꽃 나무 라면
이 몸은
네 품에 피는 꽃송이

꽃 샘 바람 불어와
시들어 진다해도
한줌의 흙이 되어
뿌리 덮어 주리라

마지막 잎 새까지
너의 줄기와 가지에
밑거름이 되어 주리라

2021년 04월 15일

울타리콩

봄이 되면
남한테 뒤질세라
다른 씨앗들을 틔울 적에

두 쪽 콩알
있는 힘을 다해서
지각을 헤집고 나오더니

뵈는 것은
모두 칭칭 감고 매달려서
하늘 향해 오르더라

뜨거운
태양열을 작은 잎으로
받아내고 소낙비 견디어

작디작은
소담한 주머니에 담아낸
보라빛 결실 강낭콩

콩깍지 까서
알알이 영근 콩알만을
밥솥에 섞어 지은 콩밥

혀끝에 씹히는
고소한 맛에 달콤한 향미
계절에 미각이건마는

하늘이 키운
때맞추어 내리는 단비

정성 들여 키운 대지의 힘

한 숟가락
입안에 밥을 퍼 넣으며
알싸한 자연의 미각 느껴

동글납작한
생김에 반짝이는 윤기

들꽃

아무 데서나
주어진 환경에 적응해
피기에 들꽃이라 말한다

그저 딱히나
이름 하나 없겠냐만
몰라 뭉뚱그려 불러준다

경작지에는
잡초라 뽑아 버리고
아무렇게 피어 들꽃이다

볼품이라고
없지만 꽃 필 때보고

한때는 들녘에 핀다고
그 나름대로
보아줄 만하건만

너마저 없다면,
벌 나비들은 어찌 살라고
들꽃 이였기 망정이지

외로이 홀로 피어
울음 섞인 고독을 보며
나 또한 연민을 느껴본다

우리 처음 만남

우리가 처음 만났을 때
낯설고 머뭇했지만
만남의 세월과 함께
이제는 정이 들어서
서로 친구가 되었지

우리 다시 만났을 때
서로 마음의 창문 열어
네 마음 내 마음 합쳐지니
이제야 알았지
우정의 다리 놓인 줄

이제는 끊을 수 없는 인연
만나면 반갑고 행복의 미소가 어려
끊으려고 해도 끊을 수 없는
너와나 영원한 동반자 인 것을

가지

내 고향이 어디라더니
마냥 탐스럽게 매달려서
쪼끔 그렇고 거시기 하다마는
자주 먹고 요긴한 반찬이라서

이쁘지도 않은 자줏빛 꽃송이
별로 보잘 것도 없다마는
늦봄부터 꾸준히 피우고
자주색 열매가 잘도 달린다

크기도 굵기도 알맞아
보기에 탐스럽지만
끓는 밥 위에 올려놓고 제치고
꺼내서 양념하면 좋은 여름 반찬

늦가을 된서리 올 때까지
꽃피고 열매 열리는 다년생
매끈한 피부가 스펀지 같은
탄력이 영락없는 거시기이다

가을

가을이 왔다
저 푸른 가을 하늘
맑은 햇살 속에
자라난 기쁨이

기나긴 기다림 속에
하나씩 여물어 가고
푸르러 가던 사랑이
이 가을에 붉게
뙤알 지게 여물어간다

계절의 빛깔 속처럼
곱디고운 꿈들이
온 세상을 향해
빨갛게 수놓아 간다

너와 나의 사랑도
풍요로운 이 가을
감나무에 걸린
노을빛 연정처럼
붉게 물들어 가는구나

2010. 10. 04

겨울 산

눈부시도록 하얀 정상을 보면
파란 하늘과 대비되는 은 백의 빛깔

얼음 찬 계곡
운해 자락 휘감고 넘나든다

산 그림자 길게 홀로 드리워져
죽은 고목 나무 한 그루가 시계 침인데

계절이 오고 가던 산마루
머무는 우주 시선들이 차지한
신비로운 영산

변화무쌍한 하얀 구름
선녀들 놀이터인가
전설 품은 겨울 설산에 낮달이 외롭구나

동백꽃

남해의 동백꽃 가여운 영혼
그리도 서글프게 아픈 사연

엄동설한에도 홀로 울며
뺄건 핏덩이 한이더냐

못내 지기 아쉬워서일까
핏자국 인양 땅에 낭자한데

아물지 않는 아픔의 상처
서슬 푸른 바닷바람에 그리 에이고

남들이 못 피우는 계절에
서리서리 외로이 맺힌 혼이더냐

만물이 새봄을 맞아 웃음꽃 피우며
내노라 향 내음 풍길 때

너는 영혼이 되어 만인에게 상처만 주고
향기를 일찍 거두었구나

2010, 03

억새꽃

하얗게 핀 억새꽃은
그냥 멀리서 봐야만
정말 아름답게 보인다

하나도 보잘것없이
거칠고 억센 줄기가
마냥 순수한 촌색시 같다

험준하고 척박한 산지
다만 강인한 생존력이
그저 그렇게 돋보일 뿐인데

만삭의 고름의 몸 무거워
산등성이에 내려앉아
가쁜 숨을 내쉬는 것 같다

하이얀 억새꽃이 정신없이
삭풍에 이리자리 휘둘려
조망하는 마음도 가쁘다.

흡사 궐련 같은 연통으로
연기 내뿜던 산골 너와집
건넌방 아궁이가 무섭다

넓고 거칠은 억새 동산을
빡 박 머리 민둥산 해놓고도
시커먼 입 헤벌쭉 열고 있다

2011. 10 민둥산에서

땅과 나무

단군역사가
이 땅에   얼마나 깊고 깊은지
천년 묵은 나무야   너는 정녕 아느냐
말없이 묵묵히 품어준
우리 땅의   깊고 깊은 역사와 함께
천년만년 뿌리 내렸구나.

단군역사가 얼마나 넓고 넓은지
천년 묵은 나무야 너는 깨달았느냐
끝없이 품어주는 이 땅이 고마워
깊고 깊은 가지를 펼 치였구나.

이 나라 땅이 더없이 따뜻하고 포근한지
천년 묵은 나무야 너는 정녕 아느냐
고마운 대한민국 내 조국이 좋아서
넓은 잎 펼 치였네. 끝없이 아지 쳤네.

나는 땅 너는 나무
너는 내 조국
나는 드넓은 광야
정을 준 대지여 영원불멸하라

강가에서

밤이 깊어 짧아진 햇살
힘없이 영하로 내려간 수은주
추운 아침은 얼음 면적을 자라게 하고
고요함이 지배하는 숲속 오솔길
산 까치가 주인인 양 주위를 맴돌고 있다

앙상히 뼈만 남은 가지
삭 풍이 연주하는 우울한 음률
마지막 남아 안간힘 다 하는 잎새들
울 엄니 참 빛 같은 낮 달이 걸려
하늘가에 차가웁게 드리워져

묵묵히 무겁게 흐르는 강물
추운 줄 모르는 철새들만이
모래톱에 옹기종기 모여 앉아
휘고 흐느적거리는 갈대숲과 어우러져
정겨운 풍경화를 강물은 그려 낸다

여명의 햇살 길게 드리워져
보석처럼 반짝이는 물가의 얼음 조각
간간이 떨어지는 낙엽 두둥실 두리둥실
강물은 저무는 연륜을 실어 나르고
물끄러미 바라보는 내 마음도 흘러가

어디론가 먼 여정 떠나는 철새
긴 여운을 남기고 간 애잔한 울음

그 빈자리에 다른 종류 철새 이사 오고
유유히 흐르며 포옹의 깃을 벌리고
차가운 강물 잔잔한 파도만이 일렁인다

바윗돌

야트막한 산마루
헐레벌떡 거친 호흡
가쁜 숨 몰아쉬고
언제나 그 자리에
묵묵히 서 있는 너에게

세월이 가는지
언제 오는지
무심한 너에게
무거워진 엉덩이
맡기면 잠시나마
모든 걸 잊게 해준다

언제나 변함없이
얄팍 스런 심정
네가 어이 알랴 마는

그 자리에 머물러
변하지 않는 너를
닮고만 싶은
초로의 인생길에
네가 그리도 부러운걸

속내를 드러내고
오늘 이 시간만큼은
너와 한 몸 되어 흔들리고 싶다
마아냥 세월을 잊고 싶다

2010. 09. 09 설악산 흔들바위에서

4부 추석 달빛에 실려

추석 달빛에 실려

내 집 따스한 창문가에 피는
한 떨기 들국화 꽃송이
꽃향기 풍기며
꽃잎이 한들한들 춤추는데

천 리 고국에 계실 부모님 영전에도
가을의 진 향기 풍기며
들국화 한 송이 피었겠지

눈 덮인 광야에 아픈 추억 남기며
떠나온 고국산천
세월은 어느덧 20년 이란
연륜을 남겼지만

천 리 타향에서 가을 향수에 젖어
고국산천에 묻힌 부모님 영혼에
불효자식의 안부 인사를
고요한 추석의 보름 달빛에
실려 보냅니다

2020. 09. 30 타향에서 딸 드림

조춘

머잖아
분분하게 날리울
어린 魚鱗의 벚꽃 상상하며

파도치는
모래사장을 걸었던
청사초롱 은은한 불빛

그 아래
삼삼오오 걸었던
추억하나 떠올려 본다

그리도
애잔한 추억만은
간 곳이 없는 봄날인데

경칩 날
아침에 떠 올려진
미련만을 곱씹어 본다

어정쩡한
좋은 계절 속절없고
길어진 봄볕이 눈부셔

야속해진
세월에 마음만 허전한
봄날이 흘러간다

2021. 03. 05 경칩 날

춘몽

지나간 밤중에
뿌우연 미세먼지 속으로
흩어 내린 별 이야기

늘어진 가지마다
치렁치렁 개나리꽃에
엮어 달은 봄밤의 사연들

노란 산수유꽃
살포시 내려앉은 봄
햇볕이 아지랑이 거두고

울타리에 늘어져
너울너울 휘날리는 봄빛
시샘하는 분홍 살구꽃

오손도손 어울린
연인들 꼭잡은 손을
놓을 줄 모르는 오죽헌 공원

하루가 다르게 노릇노릇해지는 수목
연 그린 색 곡선 그린 산하

아 왠지 모르게
새 가슴 울렁울렁 거리는
화창한 봄날이 열리고

신의 은총 충만한
아름다운 꽃들의 향연이
바야흐로 열리는 계절

그리운 날들은

그때는 그리 겸연쩍게도
차마 입 떼고 말하지 못한
사연들을 가슴에 쌓아 두고
속 시려 회한에 젖어 보곤 하지만

이제 와 다시 돌아본들
지금은 아무 소용조차 없는
먼 옛날의 추억으로
가버린 날들을 후회해 본다

두고두고 잊으려 해도
새록새록 샘이 솟아나는
그리운 날들을 이제 와서
생뚱맞게 어찌 할 수 없지만

그저 그냥 흘깃 돌아보고
어쩌다 생각나면 나는 대로
어정쩡한 마음의 한켠 섶에
엉거주춤한 세월이 간다

연민의 정

그래도
어느 땐가는
한 번쯤은 야속하고

마음이
무척이나 섭섭하고
아파했건마는

나중에
알고 보니까
오해했던 것이더라

먼 훗날
생각해 보니
별것 아닌 것을 갖고

내 등을
돌려야 했던
사실 하나만으로도

이담에
얼굴 마주 보고
웃을 날이 있으려나

기실
알고 나면은
물거품 같은 오해를

미움이
쌓이고 쌓여

태산으로 가로막혀

한동안
무심한 세월
강물처럼 흐른 뒤에

비로소
얼추 지난 뒤에
겨우 알겠지만 서도

그리도
시큰둥한 마음
식어져간 사랑이여

아
얄궂은
한 오라기 끄나풀
남겨진 미련이더라

2020. 12. 30

당신이 있기에

당신이 살며시 웃음 짓는 미소
내 가슴 꽃필 때 사랑을 느낀다

당신 생각날 때마다 연민의 즐거움에
흠뻑 젖게 한 당신은 소중한 사람이다

당신은 쓸쓸히 저물어 가는 내 생에
마지막 불꽃이 되어준 연인

들국화 같은 당신은 내게 있어
풍요한 가을을 내게 준 사람이다

당신이 내게 안길 때 평화가 깃들었고
마음의 안식이 내게로 찾아온다

잠들지 않는 그리움으로 충만하고
바라볼 수 있다는 이유만으로도

내 가슴에 사랑의 모닥불 지펴준 당신
언제나 고맙게 생각한다

님은 먼 곳에

가슴 아픈 사랑 남기고
떠나 가버린 여인 못 잊어

이미 엎질러진 물
누구도 주워 담지 못할
엄연한 당사자 몫인 것

경솔한 행동
이젠 원망도 부질없어
외면하고 돌아설 일만 남아

애틋한 마음 한켠
추억 남아 가슴 아파
삭힌 마음 미련 한 오라기

마음 옥죄인 연민
잠 못 이룬 날 몇 날인가
고운 추억 접어 갈피 묻은

세월이 약이건만
산산이 부서진 이름 하나
질기게 남아 날 울리네

2020. 09. 15

장맛비

그만 어쩌다
하늘이 갈라진 것일까
아니면 뻥 뚫린 것일가

세찬 빗줄기가 줄기차게
쉬지 않고 퍼붓는다
양동이로 들이붓듯이

잿빛 하늘 우중충한데
쏟아지는 빗줄기가
검푸른 신록을 후려친다

더 벗겨질 때조차 도
남지 않은 푸른 잎사귀들이
불안과 공포에 떤다

언제나 사시나무만
떨고 있는 줄 알았는데
대지가 모두 떨고 있다

아랑곳없이 쏟아지는 비
하늘의 대성통곡인가
온 세상이 물 천지이다

젖은 깃으로 잿빛 하늘을
가로지르는 해오라기
한 마리가 왠지 외롭다

황태덕장

너른 바다에서
잡혀 와서 죽는 것만도
서럽고 원통한 일인데

배를 갈라 오장육부 발라낸 것도
모자라 효시를 한다니

마른 햇빛에다
차가운 바람을 쐬이고
이런 모진 고문 없었다

산간오지 벽촌
비록 보는 사람 없지만
황태로 환생하는 과정

네 살점 맛 좋은
죄 밖에 뭐 있겠냐 만은
한 번 더 죽어줘야겠다

백두대간 넘어 귀양 와서
장대에 걸린 고행
바다 그리워 홀로 운다

가엾은 네 영혼
백담사 스님 부처님 전
극락왕생 빌어 줄 거다

2020. 03. 08

고인돌

까마득한 그 옛날에
단군 할아버지 자손들께서
이 땅에 나라를 세우시고
하늘에 제사 드린 곳일까

우람하고 거대한 암 석판을
돌기둥 두서너 개에 받쳐
올려놓은 커다란 반석
불가사의한 한 역사를 본다

형언키 어려운 웅장한
무게의 전율에 짓눌려서
입이 다물어지지 않지만
조상의 넋 요동치며 달려온다

수천 년 전 선사 시대의 자취
이끼 끼인 저 바위는 알고
고이 간직하고 있으련만
대 이은 우리는 알길 이 없다

파란만장한 풍우에
몇 천 년 시달려 왔을 터인데
늠름한 기상에 압도당해
치켜뜬 눈망울 담아 본다

무거운 침묵 속의 명상
조상들은 무얼 전해주려
저 거대한 역사를 창조했나.
좁은 내 소견으로 풀길이 없다

농심

적어도 내가 알기로는
하늘과 땅은 사람을 속이지 않는다.

모든 마음 노력 쏟아부은 것만큼
가을 알찬 결실을 가져다준다

부지런히 토양을 비옥하게 하고
정성을 들인 만큼 풍요로워진다

겨울은 물론 꽃 피는 봄
장마철 여름에도
관리 잘해야 한다

가을의 결실은 한해의 노고이고
모름지기 농심은 곧 천심이다

푸념

간밤의 적막이
진을 치던 뜨락에
잠시나마 머문
햇살에 부서지면

로마 병정의 나팔 소리
울릴 것 같은
활짝 핀 분꽃의
노래를 듣는다

때깔 고운 상사화 가
마지막 울음을 그치고
사그라져 가는 여름 아침
장마도 자지러드는데

막바지 더위가 기승을
부리는 8월이 열리고
참매미의 우렁찬 합창이
시도 때도 없이 들려온다

내 가슴의 별

내 영혼이 저편 어딘가에
나를 부르는 하얀 손짓이 있어
가을 밤 잠 못 이루고 뒤척여

지금 너와 나의 사랑이 빛바래고
이미 추억이 되어버렸지만
아쉬운 마음 한편 앙금 자국

그래도 돌이켜 보면 알뜰한 자국
가슴속 챙겨두고 싶은 추억
씻겨간 세월 속 남은 아쉬움이고

하염없이 흐르는 가을밤 하늘
못내 그리움으로 남아서인지
그냥 애틋한 마음뿐인데

풀벌레 울음소리 청아하고
잠 못 드는 밤 보름 달 만이 밝아
임 향한 마음 새롭기만 하다

5부 로테르담 산드링 스트라 의 아침

로테르담 산드링 스트라 의 아침

간밤에 퍼부은 가을비로 인해
길옆 가로수길 물기를 머금은
단풍잎들이 수북이 쌓이고
너저분하게 널려있는 쓰레기와 떨어진 간판들

오색 영롱 가을 단풍으로 아름다웠던
가로수 길의 야생화 고목 나무들
밤새 내린 장대 같은 빗줄기와 비바람에
낙엽들이 길마다 널브러져 있다

찬 바람이 불고 쌀쌀한 겨울이 달려 올 것 같은데
낙엽 누운 가로수 가에 옷깃 여민 길손들
차갑게 흐르는 라인강 물 위에 안개 서려
늦가을은 점점 깊어만 가고 있다

짙어만 가는 타향의 가을
파란 하늘에 드높이 걸린
홍시만큼이나 붉어진
네 입술이 그리운 날인데

흐느적거리던 포플러 단풍잎도
비바람에 떨어져 깔린 유보도 길
지르밟고 나서는 아침 길
왠지 모르게 오늘따라 내 마음도 허전하다

어제로 달려간 추억들이
못내 아쉬운 내 인생길에
낙엽이 쌓이는 늦가을 박치기에
라인 강물 위로 마냥 흘러가고

되돌릴 수 없는 그 날의 추억
너와 나 가슴속에 아로새겨
홍시처럼 부풀어 보지만
가는 세월은 어쩔 수 없어라

빛바랜 낙엽을 밟고 나면
가을 가고 눈 내리는 겨울이 오겠지만
너는 한국에서
나는 천리타향 유럽에서

서로 헤어져 있는 마음
그 누굴 원망할 길 없지만
가을바람 처량히 불어오는
산드링 스트라트의 아침
세모의 종소리가 멀리 퍼진다

한강에서

물끄러미 바라보는 한강의 풍경
흐르는 물 따라 내 인생 흘러가고

한없는 잡념 들이 뇌리를 스치고
그리도 속절없이 가버린 청춘 시절

떠나가고 없는 님의 환상만 물결에 흔들려
아쉬움만 더해가는 추억의 한편에

되돌릴 수 없는 물결 같은 세월
저 흐르는 물결 따라 내가 흘러간다는

흐르고 흘러 나도 흘러가고 임 그림자도 넋 인양
피어난 고운 봄꽃 이 나를 반기네

남이섬의 가을

힘차게 소용돌이쳐
흐르던 북한 강물
잠시나마 숨죽여
쉬고 사는 섬 언덕

오백 년 단군 역사의
한 페이지로 남은
남이 장군이 못다 이룬
대장부의 기개가 서린다

한 많은 넋이 모아 쌓은
너개비가 섬이 되었고
짧은 생애 억울한 혼
은행잎도 노랗게 물드네

누구도 비통한 그 날을
기억해 줄 리 없지만
강물은 예나 지금이나
침묵으로 흐른다

애 닳고서 꽃다운
생을 마감한 둔치엔
남이 장군의 젊은 피가
단풍잎에 번졌어라

연인들의 가슴 속엔
역사는 아랑곳없고
풍경만 눈에 들어오고
겨울 연가 꿈만 꾸고 있구나

한탄강의 봄

분분히 날리는
봄날 꽃밭 거니는
애틋한 마음 빛이더라

화사한 햇살로
눈 부시는 계절에
그립고 설레는 가슴

부러운 것 없는
황홀감에 젖어 든 자연
하나 된 봄 나그네

노란 산수유
살포시 내려앉고
매화 벗 꽃잎 어린천리魚鱗千里

짧은 세월 속에
빚어낸 대자연의 향기
아쉬움 앞서는데

잡을 수가 없는
세월이 아쉬운 마음들
추억을 담기 바쁜

훗날을 기약한
마음 한켠으로 고마운
경건한 마음이지라

2019. 04 한탄강 국립 공원에서

내장사

심산유곡
그리도 고이고이 숨긴
굽이굽이 물길 산하

오밀조밀
아름드리 삼림의 계곡
비장의 보물 감추듯

구절양장
비경 속 고즈넉한 산사
다소곳이 산객 맞아

잠을 덜 깬
게으른 운무 느지막이
속 고쟁이 벗어 주네

사려 깊게
물안개 여는 풍경 심취
신선 된 마음에 품고

기인 산행
터덜터덜 몸은 패잔병
되돌아서 눈에 담고

아
눈에 선해
종시도 아른거린 선경
산자수명한 가람이여

태백산 주목

아무도 살지 않는 험준한 고산준령
하늘과 이마 닿아 구장삼 드러우운 영산
풍상을 삭힌 적막 경모해온 은하수

세월의 중력만큼 짓눌린 삭정가지
고샅 집 백설기처럼 소담한 눈꽃 송이
앙상한 그루 둥치 얼기설기 서린 한

천지가 개벽하던 까마득한 옛날에
산마루 씨앗 뿌려 신령 깃든 고목인가
살아 천년 죽어 천년 정기가 생경하다

마른 등걸 돋은 침엽 신령한 상록수림
칼바람 주리 틀고 눈보라 도리깨질에
모진 계절 살아남은 나목들의 질긴 생명

사시장철 동해 바닷물로 칠한 산 그림자
나이테에 박힌 연륜 운악의 첩첩산중
자욱한 골안개와 산 유화의 영업이여

수려한 금수강산 우뚝 솟은 백두대간
죽어도 살아 있는 전설 속 신 목 되어
민족의 얼이 담긴 천제 단 지켜가리

2010. 12. 31

한계령

한반도의 척추뼈 이런가
북에서 남으로
등줄기처럼 뻗어 내려온
태백산맥 허리춤쯤일까

구름마저도 숨이 차서
헐떡이며 넘는 험한 산 중령
심산유곡 산마루턱에
동과 서로 어렵사리 난 길

까마득한 옛날 옛적에
집채만 한 호랑이가 무서워
보부상단만이 넘던 고개
굽이굽이마다 서린 전설

한계령 올라서면 하늘이
손끝에 잡힐 듯 만져지고
발아래 운해가 저 멀리서
깊은 계곡을 감추고 나면

산 능선 경계로 서로 다른
동과서의 이질적인 기후
동해의 비릿한 바다 냄새가
코끝에 아스라이 스며든다.

기암절벽의 대서사시
단애 끝에 노쇠한 수목 들
천하 절경의 한 폭 동양화가
가슴에 시원스레 다가선다.

하동 벚꽃일

세월이 가는 길목
저편으로 살구꽃 만발해

개나리 파르르 떨게 한
봄바람 불어오면 은

연분홍 진달래꽃 입에 물고
내님 찾아오려나.

점점이 무르익는 봄날에
벚꽃 분분한 섬진강

 가슴이 설레는 봄나들이
못 해보는 이방인

쌍계사 심리 꽃길 둘이 걷고
화개장터 막걸리

옛날이여
언제 다시 맛 볼까나
입맛만 다셔 보네

2021. 03. 17

오월의 산책

뽀오얀 안개
아카시아 흰 꽃이
한껏 잘 버무려진
5월의 아침

더할 나위 없이 푸르고 싱그러운
크고 작은 수목들 위로
하루가 열리고

산새들이 자질구레한
영역 싸움들로
어수선한 공원 숲속

5월의 햇볕에 조금만이라도
더 보려는 수목들의
발돋움이 보인다

촉촉이 젖은
잎사귀 뒷면에서
딱정벌레의 정사
잎끝 말은 산란 통

무르익은 봄
솔 가루가 휘날리고
하늘 보던 청거북 놀라 숨고

젖은 날개 말리는
나비들의 움 추림
숲속의 훼방꾼인데
산책길 눈이 호강하다   2011. 05. 21

조춘早春의 어촌

때 이른 봄은 아직
바다 저편 남녘 머물고
재촉에 못 이겨 피워낸 동백꽃

대지에 낭자한 선혈
찬 바람에 꺾이는 꽃잎
이제 막 녹은 대지 붉은빛인데

돌담 좁은길 돌아
살포시 내려앉는 햇살
주워 먹는 민들레 묵은 때 털면

탱자나무 울타리 섶
바람막이 양지쪽 가에서
회를 쳐대는 멧닭들 한가롭다

봄 농사철 채비로
분주해지는 섬마을 논밭
물 때맞춰 나가는 바쁜 나날들

봄 동이 우쭐거리면
마늘과 양파 맵시 다듬어
아지랑이 청보리밭 촌로 하품

2021. 02. 15

일장춘몽

그나저나 더도 덜도 말고
한껏 좋은 계절인데

좋은 건지 즐거운 건지도
모르고 지나친 시간

고운 꽃 피고 이쁜 꽃 지는데
지난 추억 생각나서

별 볼 일 없는 내 인생의 봄날이
이렇게 지나는구나

한탄해 본들
나아질 것도 없고 나빠질 것도 없는데

초록 물결로 바뀌어 가는 계절에
도 떠밀려 간다

휩쓸려 가는 세월의 수레바퀴에,
내 인생 따라가고

나만 그런지 남들도 그런 건지
상관도 없지 만서도

사랑도 미움 한바탕 스쳐 간 바람
신기루 같은 인생

아
아무도 없는 공원의 벤치 앉아
낙화 속의 나를 본다   2018. 04. 01

겨울 산의 암자

굽이굽이 기암괴석 돌아
깎아지른 절벽의 허리쯤
둥지를 튼 소쿠리 닮은 집

낙 장송은 힘에 부쳐서
바위틈 손 넣어 부여잡고
안간힘 다해 붙어 있는데

두메산골의 운무 자락이
휘감아 싸고 돌아누우면
산 그림자 홀로 외롭더라.

듬성듬성 잡초 기생하던
청기와에 이끼도 마르고
소복한 하얀 눈은 솜이불

깊은 잠 자는 청록색 범종
고요한 적막 종루에 품고
눈 쌓인 계곡을 굽어본다

널브러져 해진 나뭇둥걸
갈기갈기 벌어진 옹이 결
딱따구리가 헤집은 상처

부챗살 빈 가지들 틈새로
머뭇거리는 석양빛 입김
잠시 남나 일순의 따스함

주춤거린 한 줄기 햇살은
두루두루 계곡 휘 더듬어

춘심을 골고루 잉태하니

시공을 초월한 하얀 눈꽃
홀로 핀 순백의 산골짝
암자만 홀로 봄 꿈 꾼다

6부 공간의 저편에

공간의 저편에

멀고 먼 우주공간 저편에
은하계의 많고 많은 별들이
내려다보는 태양계의 한별에

아무도 세여 볼 수 없는
그 오랜 억겁의 시공을 헤엄쳐
초월해 이어 내려온 모정

해와 달이 날마다 사모하여
쫓기고 전설 속의
먼 하늘나라의 인연인데

어쩌다 모처럼 해후 하던 날
하얗게 창백해진 달빛은
부끄러운 서산으로 숨고

밝히지못한 아쉬운 그리움
눈썹 달로 교태부리면서도
다가갈 수 없는 태양이라서

늦가을 된 내기 맞은 구절초
청초름한 슬픈 연정 되어
단풍잎에서 주어버린 한

뜨겁던 열정 식어간 산하
입동의 짜름해 빠진 호수속
아쉬움 달빛만이 읽더라.

물빛

하얀 담장 벽에
푸른 바다를 그려놓은
골목길을 지나서

넓은 해안 길
그 무엇도 관여하지 못하는
주문진 만의 푸른 바다

출렁이는
바다의 푸른 물빛 위에
잔잔한 파도와 갈매기

아름다운 여름을 담은
시원한 푸른 바다
찬연한 물빛이어라.

2022년 08월 13일

한글날

노심초사 나라를 살피신 세종대왕님
한글을 창제 하시어 이 땅의 민초들이
배우기 간편하고 쓰기 쉽게 하셨으니

멀쩡한 눈뜬장님 까막눈의 백성들이
마음속에 교양 담고 지식 연마 도구로써
지혜롭게 읽고 쓰니 훌륭한 문화생활

사물과 모든 이치 기록하고 표현하고
영혼과 가슴 안에 채우고 담을수록
편리함에 놀라고 유익함 깨우치니

만백성 아끼셔서 하사하신 보물이래.
자손만대 갈고 닦아 다듬고 발전시켜
은덕에 보답하고 민족 기개 빛내리라

드라마 뿌리 깊은 나무 보고

찔레꽃 순정

이 세상 그 어느 사람조차도
보아주는 이 별로 없어도
언제 보아도 수수한 네 모습
부담 없이 평범해서 마냥 좋았다

예쁘고 화려한 장미보다도
아름다움이 못 미친다 지만
은은한 네 향기 고즈넉한
네 모습이 조화롭게 느껴진다.

튀지도 않고 요란스럽지도 않고
여울과 풍랑에 잘 어울려져
피어난 하얀 꽃 불그스레한 미소
촌색시 같은 부끄러움이 좋다

항상 있는 듯 없는 듯하면서도
덤불 사리마다 고루고루 퍼져
강인한 생명력과 끈기로 옴을
항상 너에게 느끼고 배운다.

온갖 곤충들에게 후덕하게
베푸는 마음 씀씀이가 부럽고
허나 진정으로 널 좋아한다면
가시 두른 고통부터 알아야겠지

네 가시에 찔려 피가 나더라도
너의 아픔마저도 사랑해 주리라

여름밤

멀지도 않는 거리에
보이지 않는 장막이 드리워진
지금에 와서 무얼 하리 오만

티끌 같은 미련 하나는
가슴속에 잠자고 있다가
잠 못 드는 이 밤 불쑥 나타나고

허전한 마음 한구석에
안부가 그리워지는 여름밤
장맛비는 울적하게 쏟아지고

우리의 그 옛날 사랑이
그저 단지 한 줌의 추억으로
남지도 않을 만큼 세월 갔어도

뒤척거리는 여름밤은
텔레비전 채널만 애꿎게 돌려보고
굶주린 모기와 전쟁 치른다.

봄날의 꿈

어쩌다가
꿈결 말미쯤에서
스쳐 가는 고향의 봄

가물가물
어렴풋한 꿈속에
잠시나마 스쳐 가는

소꿉동무
이 세상 어딘가에서
잘 살아 가겠지만

그리운 날들
이제 어언 추억이련만
새삼스런 생각은

아련했던
유년의 시절만큼
꿈자락 손끝 잡힐 듯

아 세월은
저만치 가고 없는
꿈 자락의 필름 인데

고향 산천
변함이 없으련만
아직 살아 있을랑가

2021. 04. 20

가을의 추억

단풍 드는 가을이 오면
내 마음 모르게
그 어디엔가 있는 그 누군가를
만나고 싶은 사람이 있었다

사르륵사르륵 밟으면
낙엽이 바르러지는 미묘한 소리 들으며
그 낙엽 위를 밟고 걷노라면
나와 손잡고 하염없이
낙엽 위를 걷고 싶은 그 누군가를

나의 가슴속 깊은 곳에
옹달샘처럼 솟구치는 사랑이란 말을
참으로 많이도 하고 싶었고
서로 사랑한다고 이야기하고 싶었는데

둘이서 밟는 낙엽 소리에
귀 기울여도 들리듯 말듯
서로의 귀 속삭임으로 들릴지 모르나
이 가을 풍요로운 마음을 안고
둘이서 둘이서
맘껏 사랑하고 싶었다

산 좋고 경치 좋은 아담한 산골짜기에
자리 잡은 소담한 카페를 바라볼 때면
그곳에 안락한 의자에 마주 앉아
너와 나 둘이서 커피향기를 음미하며
오고 가는 이야기 속에

내 마음 네가 알고

네 마음 내가 알면서
아무 말 없이 그윽한 입술로 사랑한다고
서로 마주 보며 앉아도 행복한 그런 사람을

이 가을이 오면
나에게도 언제인가는 꼭 찾아올 줄 알았고
부픈 가슴 달래여 가며
꼭 한번 만나보고 싶은 그런 사람
그리운 그런 사람이 나에게도 있다

2020. 10. 15

가을의 미명

별빛이
가물가물 기울고
찬 이슬에 흥건히
젖은 풀 섶에
하고 많은 풀 벌레들
새벽의 찬가 들으며
하염없이
발길 옮긴다

뿌오얀
안개 속에 가리워 진
신비로운 준령 사이로
태양이 떠오르면
마지막으로 베푸는
향연을 위해
산야는 앞다투어
꽃을 피운다

조락의 계절로
향한 걸음들이
하늘과 땅 위에서
분주하기만 한데
영겁의 아픔 마다 않고
순종하는 빛깔들로
가을의 아침은
분주하기만 하다

가을 여인

가을걷이
끝난 산비탈 밭에
이슬 머금은 보리싹

가로수 길
은행잎 밟으면서
사색에 젖는 지성미

수다스레
토산품을 골라 사도
진지해진 성숙미

억새꽃을
등산 모자에 꽂고
마냥 소박한 행복,

산국화의
화사함에 함박웃음
생기발랄한 순수

선글라스
배낭 메고 나서면
천방지축 바지 맵시

억새 동산
오솔길 촌스러움
되려 멋스러워 보여
첫 소풍 간 아이처럼

아가야

너는 엄마 아빠의
숭고하고 진정한
사랑의 결실이려니

반짝이는 보석 같은
새까만 눈동자에
엄마 얼굴 비추고

오물거리는 입술에
오디 같은 젖꼭지를
맛깔스레 물었어라

초가을 싸리버섯 같은
손가락에 고운 꿈
한 움큼 쥐였어라

버둥대는 어설픈
발짓 하나만으로
생의 욕망이 넘친다

너의 동작 하나하나
생존적 본능임을
저절로 느끼게 한다

2010. 08. 16 손녀 태어난 날

까마귀

네 전생에 욕심이 그리도 많았다고
새까만 먹물에다 목욕까지 했단 말이냐

아니면 이 세상의 모든 오욕
아예 혼자 다 뒤집어서 쓰려고 작정을 했나

진한 먹 빛깔 몸매 소름 끼치는 울음
이승의 영혼을 물어다 나를 것 같은 느낌은

저승사자가 기르던 새장에서 탈출해서
그 벌로 숯덩이 칠을 해버렸을 가나

텅텅 빈 들판에 날렵하게 앉으면서
걸신들린 몸짓에다 예사롭지 않은 눈매

으스스한 기준에다 무언가 꺼림직한 마음
낙엽 지는 늦가을 산하 새까맣게 뒤덮는다

하필이면 어쩌다 하얀 띠를 몸에 걸친
까치가 부러운 걸까 그냥 사촌이라도 되나

맹금류도 같이 내 쫓고 싸움질 안 하고 사이좋게
데면데면 지내는 걸 보면 우수 깡 수레 궁금해진다

홍 목련 꽃 같은 당신

화사한 목련꽃 핀 따사로운 봄볕
눈을 감고 사색에 잠기노라면
어느새 살며시 다가온 당신

있는 듯이 없는 듯이 하지만
내 집 안방에 듬직히 자리 잡은
자개장롱 같이 느껴지는 당신

내가 사랑하는 당신을 위하여
넓고 푸근한 가슴 한켠 활짝 열고
언제나 당신을 담아 두련다

서로 등 기대고 살아갈 인생길에
없어서는 안 될 꼬옥 필요한
그런 사람이 바로 당신

언제나 곱고 따뜻한 마음씨
나의 모든 고뇌를 이해해 주는
착하고 믿음직한 당신입니다

덜 깬 꿈

고요한 적막이 휘감아 돌다
승천할 어드메 쯤 되는 시간에
잠 못 들던 영혼이 기지개 켜고
서성이던 아침이 머물고 있다

먼동 터오는 어느 시간쯤에는
여명의 햇빛 오지 말라 해도 달려오건만
이대로였으면 하던 마음은 엊그제
그 님은 지금 곁에 없어도

성급한 아침이 주책없이 달려오고
내 가슴에 머물던 손끝의 체온은
따스한 느낌뿐인데도 그립기만 하다
아직도 덜 깬 꿈속에서 비몽사몽으로

설중매

절기는 입춘이라 이구동성 말하지만
응달 작에는 얼음장 춥기는 매한가지
설늙은이 얼어 죽기 딱 좋은 날씨더라

화난 만큼 뒤처질 수 없는가.
꽃 피는 춘삼월 뒤미처 오기 전에
눈송이 머리 이고 붉은 꽃 피워낸다

피다가 얼어붙고 얼다가 다시 피고
고고한 꽃 잎사귀 선비의 곧은 기상
꽃샘추위 마다않고 가벼운 마음 하나

생이란

생이란 무엇이냐고
어느 누가 물어본다면
나는 대답 하련다
마지막 순간 뒤돌아 볼 때
아름답게
추억 할수 있을 때라고

누가 나에게
생이란 무엇이냐
다시 물어본다면
나는 또 대답 한다
내 인생길에서
한 점 부끄럼 없이
후회 없는 삶 살았노라고

슬픔도 좌절도
고통도 역경도
이 가슴에 담아보고
기쁨과 행복으로 이겨낸
지난날 이라고

인생의 삶을 포기하지 않고
꿈과희망 행복한 미래를 위해
사랑과 기쁨을 함께 나누며
멋진 인생을 살았노라고

박꽃

비포장 길 버스정류장을 내려
십오 리길 쉬엄쉬엄 걸어야
겨우 찾아갈 수 있는 시골길
두메산골 내 고향 초가집 지붕

여름장마철 왜 간장 같은
낙숫물이 주르륵 쏟아져 내리는
초가지붕이 박 넝쿨이 뒤덮고
수줍게 피어나는 하얀 박꽃

가냘픈 미소 곱게 접어
은하수 별들에게 보내는 미소
아침이면 꼭 쥐여 짠 행주처럼
오그라드는 가엾은 여린 순정

추석 앞둔 대보름달이 뜨면
허여멀건 만삭의 배 드러낸
박통들이 여기저기서 빛이 나고
아기자기 전설 품에 안은 듯

쓰러 질것만 같은 초가삼간기둥
무겁게 내려 짓누르고
부끄러움 잊은 박통 속 옛 전설
흥부 놀부 옛이야기 들려주신 어머님

먼 옛날 승냥이 울던 시절
아련히 흘러간 추억이건만
바들바들 떨면서 한 가닥 희망으로
초가지붕너머 둥근달 빛 보던 옛 추억

백합 같은 친구

봄 의 교향곡이 울려 퍼지는
청아한 언덕에 피는 백합꽃
흰 나리꽃 향내임 맡으며
너를 위한 임 의 교향시 부른다.

청라 언덕과 같은 내 마음
백합 같은 친구
백합이 내 마음에 피여 오를 때
나의 모든 슬픔 사라진다.

하얀 백사장에 밀려오는
저녁 조수위에 흰 갈매기 날 적에
나는 고향 산촌 바라보면서
너를 위해 노래 부른다

저녁노을 같은 너의 마음
백합 같은 내 친구
네가 내게서 떠들어 될 때
나의 모든 슬픔 고독이 사라진다.

청라 언덕에 아름답게 피어나는
백합 같은 내 친구

작품해설
방윤희 시인 첫 시집 『또 하나의 태양』
노 중 하 시인, 수필가

'자유를 찾아 목숨을 걸었던 나의 어머니 이 땅에 몸은 던 져졌지만, 오늘이 있기까지는 산전수전 고통과 아픔 말로는 다 못 하죠. 두꺼운 소설이 되지요. 직접 겪어본 사람만이 그 고통을 알 수 있습니다.
파란만장한 고통과 슬픔 속에서도 틈틈이 눈물에 한숨을 담 고 말 못 할 애환들을 담은 사연들을 글로 남기셨었는데 시 간에 쫓기고 생활에 쫓기다 보니 상자에 담겨 어두운 구석 에 먼지 속에 잠자던 주옥같은 그 사연들이 어느 날 어머니 의 용단으로 지난날 어머니의 삶이 한 권의 시라는 집에 담 기기 까지 얼마나 많은 세월이 걸렸는지요….
자식으로서 죄스러운 마음 금치 못하며 지금이라도 어머니 만의 그 많은 애환과 사연들이 지금에 발간되는 시집을 통 해 만천하에 내놓고 빛을 보게 되었음에 자식으로서 무한한 영광으로 생각하며 자랑스럽다는 생각으로 다시 한번 축하 드립니다.
어머니는 이제 시작이십니다. 다들 어렵다는 문학의 길에 들어서신 어머니 날로 발전하시기를 기원합니다. 끝으로 건 강과 아울러 뜻하신바 모두 이루시기를 두 손 모아 기원하 겠습니다. 다시 불러봅니다. 나의 어머니, 존경합니다. 자랑 스럽습니다. 사랑합니다.

우크라이나 젤렌스키 대통령은 "나에게 죽음을 겁낼 권 리도 없다" 라는 명언으로 강력한 정신력으로 최첨단 무기 로 공격하는 러시아 푸틴 대통령을 결사 항전하는 모습을 보면서 또한 농부는 봄에 씨앗을 뿌려 무더운 여름에 땀 흘

려 가을 수확하는 기쁨처럼 혁명정신을 고취鼓吹시켜 활활
타는 불꽃처럼 영원히 기록될 수 있기를 바란다.

당신은 언제나
하루도 빠짐없이
변하지 않고
내 마음속에
떠오르는 태양
동해의 푸른 바다
일렁거리는
거친 파도 위로
솟아오르는
태양도 있지만

항상
내 가슴속으로
용광로처럼 뜨겁게
솟아오르는
당신은 나의 태양

어제도 오늘도
날이면 날마다
내 일상 속에
두 개의 태양이
떠 오른다.

『또 하나의 태양』 전문

남편을 사모하는 애틋한 사랑이 거친 파도를 헤치고 떠
오르는 태양에 비유하여 언제나 가족과 자식을 위해 활활
타오르는 태양처럼 활력 넘치는 당신은 오매불망 낮이나 밤
이나 우리들의 일상생활 속을 밝게 스며드는 또 하나의 태
양인 당신을 잊을 수 없다.

목숨을 걸고 두만강을 넘어 처음 맞이한 중국 땅, 보안관
에 잡혀 북송되어 어두운 철창살이 얼마나 두렵고 무서운지
말로 표현할 수 없었다. 자유를 찾아 다시 중국 남경을 거
쳐 베트남 하노이에 도착하여 자유 대한민국에 첫발을 내려
놓을 때 광명의 빛이 넘쳐흐르고 따뜻하게 맞이하는 국민의
환영 속에서 다시 글을 쓸 수가 있게 되어 마음껏 날개를
펼쳐 보기를 바란다

　　　굽이굽이 살아온 내 인생
　　　뒤돌아보면 설움과 외로움뿐
　　　내 인생 다시 돌아가려고 해도
　　　돌아갈 수 없는 허무한 인생
　　　추억을 뒤돌아보면 설움과 눈물뿐

　　　시냇물 굽이굽이 흘러 흘러들면
　　　푸른 바다가 되어 소용돌이치는데
　　　굽이굽이 살아온 허무한 내 인생
　　　멀고 먼 나그넷길 인생이더라

　　　아리따운 꽃 시절 꿈도 많고
　　　욕망도 많았지만
　　　파란만장 나그네 인생길
　　　뒤돌아보면 아픔의 추억뿐

　　　구름 같은 내 인생
　　　꽃잎이 떨어지고 낙엽이 되어
　　　황혼의 서글픈 인생길
　　　아직도 멀고 먼 나그네 인생길을

　　　『구름 같은 내 인생』 전문

성장하면서 살아온 경험과 공산당의 혹독한 체험, 자본주

의와 사회주의는 무엇이 다른가를 몸소 느낀 바를 글로 표현할 수 있는 예술작가이다.

시를 쓰고 싶어도 마음대로 쓸 수 없는 사회주의 체제에서 당의 지령에서만 움직여야만 하는 끔찍한 생활, 설움과 외로움 괴로움들이 때때로 북받쳐 오르며 돌이킬 수 없는 허무한 인생살이의 생활상을 추억으로만 남아 있는 옛 기억을 더듬어 잘 표현하는 듯하다

도랑물이 모여 냇물이 되고 냇물이 모여 강물이 되어 바다로 흘러 흘러 들어가 대망의 꿈을 이루게 된다는 꿈많던 젊은 소녀 시절을 뒤돌아보아도 보이지 아니하고 꿈을 펼쳐 보지 못하고 좌절의 생활 남한사회에서 늦게나마 시운時運을 타고 오대양 육대주를 마음껏 누릴 수 있는 광명의 등불을 밝힐 수 있으리라.

바람을 따라 날아가면 / 마른 땅 한 톨에서도 / 꽃을 피울 수 있는 // 나는 어디서나 / 망이 되는 / 민들레꽃이라네 // 발길 머무는 곳이면 / 이곳저곳 가리지 않고도 / 생명을 노랗게 / 물고 오는 꽃씨 하나// 내가 날아갈 수 있게 / 누군가의 도움이 있다는 것도 / 나는 알고 있다네 // 겨울 가고 / 봄이 온다는 사실을 /알려주고 싶어 // 제일 낮은 곳에서 / 꽃을 피워내고 / 그대 얼굴 올려다본다네

『봄에는 민들레꽃이 되어』 전문

시인의 인사말에서 억압된 생활에서 벗어나 자유민주주의 밝은 빛을 받아 인생의 행복과 기쁨을 만끽하게 되면서 옛 추억을 모아 한 권의 시집을 발간한 것을 먼저 가신 남편에게 이 기쁨을 같이 나누며 언제나 우리 곁을 지켜봐 주시기를 간절히 기도합니다.

민들레 홀씨처럼 바람을 타고 어디든지 날아가 정착하여

꽃을 피우는 아름다운 꽃을 보라 금수저, 은수저, 따지는 자본주의 젊은 청년들을 보지 말고 주어진 여건 속에서 안락하게 정착하여 남들이 부러워하는 소중한 시집발간은 민들레꽃보다 더욱 빛이 납니다.

탈북이라는 바람을 따라 생사를 뛰어넘어 자유를 찾아 이역만리 가시밭길을 걸어와 사랑의 꽃을 피우는 글을 쓰고 낮은 곳에서 향기로운 꽃을 피워 천리만리 짙은 향 내뿜는 한 송이 생명의 꽃이 되리라.

내 집 따스한 창문가에 피는
한 떨기 들국화 꽃송이
꽃향기 풍기며
꽃잎이 한들한들 춤추는데

천 리 고국에 계실 부모님 영전에도
가을의 진 향기 풍기며
들국화 한 송이 피었겠지

눈 덮인 광야에 아픈 추억 남기며
떠나온 고국산천
세월은 어느덧 20년이란
연륜을 남기지만

천 리 타향에서 가을 향수에 젖어
고국산천에 묻힌 부모님 영혼에
불효자식의 안부 인사를
고요한 추석의 보름 달빛에
실려 보냅니다

『추석 달빛에 실려』 전문

고향을 떠나 국경을 넘어 탈북생활의 고통과 시련을 극

복하고 남한에 적응하기까지 수많은 시행착오를 겪고 남들이 꺼리는 업종에 종사하면서 아들, 딸들을 대학 졸업시키기까지 20년의 세월이 흘러 손자의 재롱을 보면서 그런대로 생활의 안전을 찾게 되어 행복한 나날을 보내는 어느 날 가을 창밖에 찾아온 들국화 향기에 도취하여 부모님 생각을 잊을 수 없었다.

어릴 적 성장하던 고향 산천을 떠나올 때는 온통 하얀 눈이 덮인 아픈 추억, 봄이 오면 진달래, 복숭아꽃, 살구꽃이 만발하고 비가 내리는 장마철에 구슬 푸게 우는 꾀꼬리 소리, 오곡백과 무르익는 추수의 계절 철새들이 넘나드는 겨울에는 엄마 생각에 잠을 이룰 수 없다

부모님 산소 벌초는 누가 할 것이며 가을 시제는 누가 모실까 걱정이 됩니다. 이제는 돌아가고픈 생각은 많으나 돌아갈 수 없는 몸이 되었습니다. 북쪽 하늘을 바라보며 부모님 영혼에 안부 인사를 기러기 편으로 보름달 빛에 실려 보냅니다.

별빛이
가물가물 기울고
찬 이슬에 흥건히
젖은 풀숲에
하도 많은 풀벌레
새벽의 찬가 들으며
하염없이
발길 옮긴다
뽀얀
안갯속에 가려진
신비로운 준령 사이로
태양이 떠오르면
마지막으로 베푸는
향연을 위해

산야는 앞다투어
꽃을 피운다.

조락(凋落)의 계절로
향한 걸음들이
하늘과 땅 위에서
분주하기만 한데
영겁의 아픔 마다치 않고
순종하는 빛깔들로
가을의 아침은
분주하기만 하다

『가을의 미명』 전문

　시인은 가을에 아름다운 풍경을 생동감 넘치는 어법과
서정적으로 묘사하였으며 기울어 가는 사물을 운치 있고 감
동적인 표현으로 독자들을 사로잡고 있다.
　별빛이 어스름히 기울고 새벽이슬에 젖은 풀숲에 수많은
풀벌레의 노랫소리 들으며 하염없이 정처 없이 산책로 따라
발길을 옮긴다.

　태산준령 앞을 가로막는 신비로운 안갯속, 바닷바람에 가
려진 해무(海霧) 사이로 밝은 태양이 떠오르고 산야는 앞다투
어 향기로운 꽃을 피워 우리를 즐겁고 행복하게 한다.

　나뭇잎이 물들어 가는 조락(凋落)의 계절로 향한 발걸음이
천지를 바쁘게 요동치고 있으며 산야는 영겁(永劫)의 아픔을
참고 견디며 자연에 순응하면서 오색찬란한 가을 햇살로 분
주하기만 하다고 했다.

　편안하면서 우리의 숙련된 삶과 거기서 내다보는 인생
언저리를 그려낼 줄 안다. 손수 자연 대상의 미적승화** 시
세계(詩世界)가 바로 창작의 무대요 또한 뛰어난 장점이라고

할 수 있다.

수재秀才는 노력하는 자를 당해낼 수 없고, 노력하는 자는 일을 즐기면서 하는 자를 당해 낼 수 없다. 이번에 펴내는 첫 시집 『또 하나의 태양』은 천성이 부지런하고 근면 성실한 분으로 주어진 여건에서 열심히 일을 즐기며 살아온 분이다.

조직적으로 움직이는 사회주의 사회에서 1957년 북한에서 태어나 개성 성균관 대학4년제를 우수한 성적으로 졸업하였고 남한 실상을 남보다 일찍 깨달아 탈북을 결심하고 2000년 2월 두만강을 건너 자유대한에 입국하여 하나원 교육원에서 자본주의 생활 교육을 철저히 습득하여 노력만 하면 얼마든지 잘 살 수 있다는 신념을 가지고 부지런히 일하여 아들, 딸들을 대학 교육까지 마칠 수 있도록 노력하는 방윤희 모습이 한석봉 어머니와 같은 분이라고 말하고 싶다.

시를 쓴다는 것은 인생을 살아오면서 사물을 맹목적으로 보지 않고 불타오르는 시인의 창조적 정신에서 형성된다. 60대 중반의 늦깎이로 출발하였으나 시풍詩風을 일으켜 아름다운 열매를 맺을 때까지 제2, 제3의 시집이 상재되기를 바라마지 않는다.

매송 방윤희 제1시집
또 하나의 태양

인쇄 2022년 08월 25일
발행 2022년 08월 27일

지은이 방윤희
편집인 김기진
펴낸곳 문예출판
등록번호 제2014-000020호

14202 경기도 광명시 오리로1004길 8,
　　　　　　　　　　　젤라빌리지 B02호
　　　Mobile：：010-4870-9870
　　　전자우편 : 1947kjk@naver.com
ISBN 979-11-88725-35-9

값 10,000원